Texto de Aglária Almeida

O menino do quintal

Ilustrações de Michelle Duarte

Copyright do texto © 2023 Agláia Almeida
Copyright das ilustrações © 2023 Michelle Duarte

Direção e curadoria	Fábia Alvim
Gestão editorial	Felipe Augusto Neves Silva
Diagramação	Luisa Marcelino
Revisão	Marcelo Gonçalves

Catalogação na publicação
Elaborada por Bibliotecária Janaina Ramos – CRB-8/9166

A447m
    Almeida, Agláia

    O menino do quintal / Agláia Almeida; Michelle Duarte (Ilustração). – São Paulo: Saíra Editorial, 2023.
    24 p., il.; 16 X 23 cm

    ISBN: 978-65-81295-27-1
    1. Literatura infantil. I. Almeida, Agláia. II. Duarte, Michelle (Ilustração). III. Título.

                                                                                       CDD 028.5

Índice para catálogo sistemático:
1. Literatura infantil 028.5

Todos os direitos reservados à Saíra Editorial

@sairaeditorial   /sairaeditorial
www.sairaeditorial.com.br
Rua Doutor Samuel Porto, 411
Vila da Saúde – 04054-010 – São Paulo, SP

Dedico esta obra àqueles que se doam ao outro no mais completo, apaixonado e puro ato de amor.

Sobre a autora

Agláia Almeida

Carioca e moradora do Rio de Janeiro, Agláia Almeida atua como jornalista no IBGE e também é escritora de livros infantis – paixão que acalenta desde que seus gêmeos estavam na barriga. Para eles, ela lia belas histórias. Seus títulos já lançados são: "Bela e o menino manchado", "O vovô da Lalá e Quarenceninhas: quarentena em histórias curtinhas para crianças", "A lama", "Bia e suas manias" e "Clara, Frederico e a guerra". E ela ainda tem um mundão de ideias na cachola!

Sobre a ilustradora

Michelle Duarte

Michelle Duarte é ilustradora e "professora desenhora", título que pegou emprestado de uma das crianças de sua turma na Educação Infantil quando, numa conversa, contou que desejaria ter essa profissão. Estar em contato tão próximo com as crianças possibilita verdadeira inspiração em seus projetos de ilustração infantil.

No andar térreo de um hospital nada aconchegante, de algum lugar de alguma cidade por aí, nasceu uma vez um bebê.

Lá esteve o pequeno.
À espera de mim.
À espera de alguém.
À espera de você?

Ali nasceu. Ali começou a crescer.
Foi ficando gordinho.

A mãe do bebê, depois que o tiraram de sua barriga, precisou ir. Não pôde ficar.

Ele não tinha nome. E esperava alguém que pudesse lhe dar casa, aconchego e carinho.

Alguém que o colocasse num ninho — como faz a mamãe passarinho.

Até que, numa tarde ensolarada, ele foi enviado para um abrigo – para ser adotado.

Lá ficou ao lado de outras crianças e de muitas tias...

Havia a tia Bia, sempre de rabo de cavalo. Ria alto e abraçava forte. Por ele logo se afeiçoou.

Havia a tia Talita, por ele apaixonada. Dava mamadeira e ninava a noite inteira.

O bebê continuou crescendo — mas nem tanto assim.
Tinha problemas no coração e no pulmão, bochechas redondas e cabelo lisinho
(que às vezes ficava arrepiado).

Um dia, no meio da quarentena (por causa da pandemia, por causa de um vírus), Helena foi ao abrigo. Que sorte a dela!

Ela olhou o bebê.

O bebê a viu e abriu um sorriso, o que ele já sabia fazer.

Helena estava certa de que aquele era seu bebê e de que o queria levar para casa.

Quando chegou o grande dia,
ela nem pôde acreditar.
Helena ajeitou o quartinho e o
coração. Ambos ficaram quentinhos.

Era hora de começar a criar um mundo novo para aquele bebê crescer.

"Um menino chegou num dia lindo!" – sempre diz Helena.

"Menino dos meus sonhos, seja bem-vindo!".

Como se nome, ninho e amor não bastassem, Artur tinha um quintal com jabuticabeira.

Num momento de tanto caos, Artur chegou — que alegria! — para bagunçar o mundo.

Ele veio em tempos
de tanta mudança em
todos e em todo lugar.

Veio transformar
Helena e tornar
vivo seu quintal.

Este livro, ótimo para ser lido em quintais ou sob
jabuticabeiras, foi composto em New Farm
e impresso em offset sobre papel couché fosco
150 g/m² para a Saíra Editorial em 2023